TEC

01/08

I REMEMBER ABUELITO
A DAY OF THE DEAD STORY

YO RECUERDO A ABUELITO
UN CUENTO DEL DÍA DE LOS MUERTOS

WRITTEN BY · ESCRITO POR **Janice Levy**   ILLUSTRATED BY · ILUSTRADO POR **Loretta Lopez**

SPANISH TRANSLATION BY · TRADUCIDO AL ESPAÑOL POR **Miguel Arisa**

ALBERT WHITMAN & COMPANY, MORTON GROVE, ILLINOIS

By Janice Levy, illustrated by Loretta Lopez

CELEBRATE! IT'S CINCO DE MAYO!
¡CELEBREMOS! ¡ES EL CINCO DE MAYO!

Also by Janice Levy

THE SPIRIT OF TÍO FERNANDO: A DAY OF THE DEAD STORY
EL ESPÍRITU DE TÍO FERNANDO: UNA HISTORIA DEL DÍA DE LOS MUERTOS

Library of Congress Cataloging-in-Publication Data

Levy, Janice.
I remember Abuelito : a Day of the Dead story / written by Janice Levy ; illustrated by Loretta Lopez ; Spanish translation by Miguel Arisa = Yo recuerdo a
Abuelito : un cuento del Día de los Muertos / escrito por Janice Levy ; ilustrado por Loretta Lopez ; traducido al español por Miguel Arisa.
p. cm.
Summary: A little girl celebrates the Day of the Dead as she waits for the arrival of her grandfather's spirit.
ISBN 978-0-8075-3516-5 (hardcover) ISBN 978-0-8075-3517-2 (paperback)
[1. All Souls' Day—Fiction. 2. Grandfathers—Fiction. 3. Spanish language materials—Bilingual.] I. Lopez, Loretta, 1963- ill.
II. Arisa, Miguel, 1947- III. Title. IV. Title: Yo recuerdo a Abuelito.
PZ73.L484 2007 [E]—dc22 2007001531

The design is by Carol Gildar.

For more information about Albert Whitman & Company,
please visit our web site at www.albertwhitman.com.

To Rick, forever in my heart.—J.L.

Para Rick, siempre en mi corazón.—J.L.

For Mom and Dad, and all my family, on this side and the other: *Atole* and *pan dulce* at my place, come November. Love—L.L.

Para Mamá y Papá y para toda mi familia, de este lado y del otro: Atole y pan dulce en mi casa cuando llegue noviembre. Con mucho cariño—L.L.

It's the Day of the Dead!

It's time to celebrate!

We remember our loved ones who have died.

I miss Abuelito. He died a few months ago.

Tonight his spirit will visit!

¡Es el Día de los Muertos!

¡Es hora de celebrar!

Nos acordamos de nuestros seres queridos que han muerto.

Yo echo de menos a Abuelito. El murió hace pocos meses.

¡Esta noche su espíritu nos va a visitar!

"How will Abuelito's spirit come?" I ask.

"His spirit will come like a butterfly," Mamá says. "Quiet and beautiful."

"What will it be like?"

"You'll see," Mamá says. "You'll feel him in your heart."

"¿Cómo va a venir el espíritu de Abuelito?" pregunto yo.

"Su espíritu va a venir como una mariposa," dice Mamá. "Tranquilo y hermoso."

"¿Cómo va a ser?"

"Vas a ver," dice Mamá. "Lo vas a sentir en tu corazón."

It's the Day of the Dead! It's time to celebrate!

¡Es el Día de los Muertos! ¡Es hora de celebrar!

Mamá and I go to the market. There's lots to buy!

Mamá y yo vamos al mercado. ¡Hay tanto que comprar!

"*Pan de muerto,* bread of the dead," a woman calls out.

I choose a piece that's long and wrinkled, like Abuelito's fingers.

"Pan de muerto," grita una mujer.

Yo escojo un pedazo que es largo y arrugado, como los dedos de Abuelito.

"*Calaveras de azúcar,* sugar skulls," calls a man. He squeezes icing on a sugar skull.

A skeleton playing soccer reminds me of Abuelito, too.

He liked that game.

"*Calaveras de azúcar,*" grita un hombre. El unta el glaseado en un cráneo azucarado.

Un esqueleto jugando al fútbol me hace pensar en Abuelito también.

A él le gustaba ese juego.

On the way home, I think about when Abuelito and I played hide-and-seek. Sometimes he couldn't find me.

"What if Abuelito's spirit gets lost?" I ask.

"His spirit is like the butterflies," Mamá says. "They come to our town every year—they don't get lost! Abuelito's spirit knows the way, too."

En el camino a casa, pienso en cuando Abuelito y yo jugábamos a los escondidos. Algunas veces él no podía encontrarme.

"¿Qué pasa si el espíritu de Abuelito se pierde?" pregunto yo.

"Su espíritu es como las mariposas," dice Mamá. "Vienen a nuestro pueblo todos los años –¡nunca se pierden! El espíritu de Abuelito conoce el camino también."

It's the Day of the Dead! It's time to celebrate!

Outside our house, Papa, Tía, and I lay a path of marigold petals for Abuelito's spirit to follow.

¡Es el Día de los Muertos! ¡Es hora de celebrar!

Afuera de nuestra casa, Papá, Tía, y yo hacemos un trecho de pétalos de caléndula para que el espíritu de Abuelito lo siga.

Tía comes to help decorate the altar.

Mamá and Tía cook Abuelito's favorite foods.

I fill a tall glass with *atole*, Abuelito's favorite drink.

Tía viene a ayudar a decorar el altar.

Mamá y Tía cocinan la comida favorita de Abuelito.

Yo lleno un vaso grande de atole, la bebida favorita de Abuelito.

"This is Abuelito playing the guitar when he was your age," Tía says. "In the photograph, he looks just like you!"

I think about the songs Abuelito taught me. If he couldn't remember the words, sometimes he made up new ones.

"What if Abuelito has forgotten about us?" I ask. "What if his spirit forgets to come?"

"Don't worry," Tía says. "This candle will glow. The light will remind Abuelito's spirit of his way back home."

I look out the window and watch the clouds. One of them looks like Abuelito's moustache.

"Este es Abuelito tocando la guitarra cuando él tenía tu edad," dice Tía. "¡En la fotografía él se parece mucho a ti!"

Yo me pongo a pensar en las canciones que Abuelito me enseñó. Si no se acordaba de la letra, algunas veces se inventaba una nueva.

"¿Y si Abuelito se ha olvidado de nosotros?" pregunto yo. "¿Y si a su espíritu se le olvida venir?"

"No te preocupes," dice Tía. "Esta vela va a brillar. La luz le va a recordar al espíritu de Abuelito el camino a la casa."

Miro por la ventana y observo las nubes. Una de ellas se parece al bigote de Abuelito.

Suddenly, I see a wonderful sight!

"Mamá, Papá, Tía. Look! It's the butterflies!"

Hundreds of black and orange butterflies fly through the sky.
Some land in the tree next to our house.

"The butterflies have found their way," I say. "I think that
Abuelito's spirit will find his way, too!"

¡De pronto, veo algo maravilloso!

"Mamá, Papá, Tía. ¡Miren! ¡Son las mariposas!"

Cientos de mariposas negras y anaranjadas vuelan por el cielo. Algunas aterrizan en el árbol al lado de nuestra casa.

"Las mariposas han encontrado su camino," digo yo. "¡Creo que el espíritu de Abuelito ha encontrado su camino también!"

It's the Day of the Dead! It's time to celebrate!
At the cemetery, Papa and I sprinkle marigolds.
We wave to other families.

¡Es el Día de los Muertos! ¡Es hora de celebrar!

En el cementerio, Papá y yo esparcemos más caléndulas.
Saludamos con las manos a otras familias.

I lay some of Abuelito's favorite things on his grave.

"Abuelito loved bananas," I say. "These are the socks I bought for his birthday. Remember when he blew out the candles? He sneezed three times and got frosting on his nose!"

We laugh and then get quiet. The candles look like stars.

"Is Abuelito thinking about us, too?" I ask. "Does he feel us in his heart?"

Pongo algunas de las cosas favoritas de Abuelito en su tumba.

"A Abuelito le encantaban las bananas," digo yo. "Estos son los calcetines que yo le compré para su cumpleaños. ¿Te acuerdas cuando apagó todas las velas? ¡Estornudó tres veces y se le quedó merengue en la nariz!"

Nos reímos y después nos quedamos tranquilos. Las velas parecen estrellas.

"¿Estará Abuelito pensando en nosotros también?" pregunto yo. "¿Nos estará sintiendo en su corazón?"

Tía squeezes my hand. Mamá puts her arms around me.
We close our eyes.

A breeze tickles my cheek like a sneeze. The air smells like bananas.
I look down and see a butterfly resting on a petal near my feet.
"Abuelito?" I whisper. "Is that you?"

Mamá and Tía laugh. They hug me at the same time.

Tía me aprieta la mano. Mamá pone sus brazos alrededor mío.
Cerramos los ojos.

Una brisa acaricia mis mejillas como si fuera un estornudo. El aire
huele a bananas. Miro hacia abajo y veo una mariposa posada en un
pétalo cerca de mis pies. "¿Abuelito?" susurro. "¿Eres tú?"

Mamá y Tía se ríen. Las dos me abrazan al mismo tiempo.

At night, Mamá tucks me into bed.

"*Sueña con los angelitos,* sweet dreams," she says.

She kisses my cheek. Her eyelashes feel like the wings of a butterfly.

The Day of the Dead. A time to celebrate!

I close my eyes and dream of Abuelito.

Por la noche, Mamá me arropa en la cama.

"Sueña con los angelitos," dice ella.

Me besa en la mejilla. Siento sus pestañas como si fueran las alas de una mariposa.

El Día de los Muertos. ¡Es la hora de celebrar!

Cierro mis ojos y sueño con Abuelito.

A Butterfly Mobile

You will need:

a small piece of
   tag board
scissors*
construction paper or
   drawing paper
markers,
   colored pencils,
   or crayons
string or yarn
glitter
glue
hanger

*Remember to ask a grownup to help you when you're using sharp objects like scissors

Make your mobile:

1. On a piece of tag board, draw the shape of a butterfly and cut it out.

2. Use this butterfly to trace 8 other butterflies onto construction or drawing paper.

3. Cut out each butterfly and decorate it with markers, colored pencils, crayons, or glitter and let dry.

4. Cut 4 strings (each about 12 inches long).

5. Glue one end of each string between 2 of your decorated butterflies.

6. Tie the other end of the string to a clothes hanger.

7. Hang the hanger somewhere special!

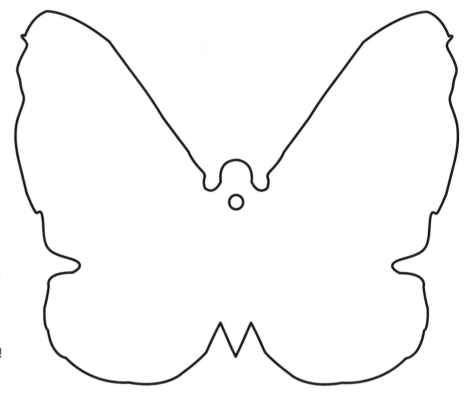

Mexican Hot Chocolate

You will need this equipment:

a measuring cup
measuring spoons
a medium-sized pot or saucepan
a rotary hand beater, a whisk, or a molinillo*
4 or 5 mugs

You will need these ingredients:

1/4 cup unsweetened cocoa
1/2 cup sugar
1/4 teaspoon cinnamon
1/3 cup water
4 cups milk
1/4 teaspoon vanilla extract

Make your cocoa:

Mix the unsweetened cocoa, sugar, cinnamon, and water in the saucepan. Turn the heat on low and stir until the mixture boils. Boil about two minutes while you keep stirring. Add the milk, and turn the heat up to medium. Stir and heat until the cocoa is very hot but not boiling.

Add vanilla. Beat the cocoa with a whisk, rotary hand beater, or a molinillo* until it is foamy. Pour into mugs. If you like, sprinkle a little more cinnamon on top of each serving. Serves 4 or 5 people.

*A molinillo is a Mexican wooden tool used for beating hot chocolate.

Un móbil de mariposas

Vas a necesitar:

un pedazo pequeño de cartulina
tijeras*
papel de dibujar
rotuladores, lápices de colores,
   o creyones
cordel o estambre
brillantina
pegamento
gancho

Para hacer tu móbil:

1. En un pedazo de cartulina, dibuja la forma de una mariposa y córtala.

2. Pon esta mariposa encima del papel de dibujar, y dibuja 8 otras mariposas.

3. Recorta todas las mariposas y decóralas con los rotuladores, lápices de colores, creyones, o rotuladores de brillantina y deja que se sequen.

4. Recorta 4 pedazos de cordel de por lo menos doce pulgadas de largo.

5. Pega la punta del cordel entre 2 mariposas colocadas de espaldas la una a la otra.

6. Ata la otra punta del cordel a un gancho.

7. ¡Cuelga el gancho en algún lugar especial!

*No te olvides de pedirle ayuda a un adulto cuando estés usando un objeto afilado como las tijeras.

Chocolate caliente Mejícano

Vas a necesitar lo siguiente:

una taza de medir
cucharas de medir
una olla o cacerola mediana
una batidora de mano o un molinillo
4 ó 5 tazones

Vas a necesitar los siguientes ingredientes:

1/4 de taza de cocoa sin endulzar
1/2 taza de azúcar
1/4 cucharadita de canela en polvo
1/3 taza de agua
4 tazas de leche
1/4 cucharadita de extracto de vainilla

Haz tu cocoa:

Mezcla la cocoa sin endulzar, el azúcar, la canela, y el agua en una olla. Ponlo en el fogón a fuego lento y revuélvelo hasta que hierva. Déjalo hervir por unos dos minutos revolviéndolo constantemente. Añádele la leche y aumenta la temperatura a fuego moderado. Déjalo en el fogón calentándose y revuelve hasta que la cocoa esté muy caliente, pero sin que hierva.

Añádele la vainilla. Bate la cocoa con un batidor o con un molinillo hasta que se ponga espumosa. Vierte en los tazones. Si quieres, rocíale un poco más de canela en polvo a cada uno. Da para 4 ó 5 personas.

*Un molinillo es un implemento mejicano de madera que se usa para batir el chocolate caliente.

The Day of the Dead is celebrated in Mexico, other Latin American countries, and in parts of the United States from October 31 to November 2. On this important and joyful holiday, people celebrate the lives of their loved ones who have died. Altars are decorated with the deceased person's favorite food and belongings. Marigolds are sprinkled on the graves and along paths to lead the spirits of the dead back home. In some places, spirits are believed to visit the earth on the wings of monarch butterflies.

El Día de los Muertos se celebra en Méjico, en otros países latinoamericanos, y en algunas partes de los Estados Unidos desde el 31 de octubre hasta el 2 de noviembre. En este día de fiesta tan importante y alegre, la gente celebra las vidas de sus seres queridos que han muerto. Los altares se decoran con la comida y las pertenencias favoritas del difunto. Las tumbas se cubren de caléndulas que también se esparcen por los trechos para dirigir a los espíritus de vuelta a sus casas. En algunos lugares, se cree que los espíritus visitan la tierra montados en las alas de las mariposas monarcas.

atole - a Mexican drink made from corn

pan de muerto - bread of the dead

calaveras de azúcar - sugar skull candy